劃破寂靜夜晚的流星

向日葵的碎語　著

推薦序

賣花陳（PCHOME新聞台百萬流覽人次台主）

雖然不是專業作家還是名筆，但我從1997年起就開始在文字媒體工作至今。所以，對於文字多少有些敏銳度，「劃破寂靜夜晚的流星……」這一本詩集真的讓我極為震撼。怎麼說呢？Daisy的確如其描述是個敢愛敢恨的女子，甚至不惜赤裸內心，觸動她在感情世界的起伏與糾葛。我看過不少作品，但很少有Daisy這種魔法，用文字引領你走入漫長又曲折的愛情旅程。

透過文字描述，我明白女孩感情受傷不是只有大哭一場，她披露了愛情綻放的光彩奪目，以及分手的怒海狂濤。原來，女孩眼淚裡藏著萬般眷戀、無限不捨，以及氣力放盡的失落感。Daisy用她的詩告訴你，失去愛情有多麼痛，重拾愛情有多幸福，字裡行間展現妳不知道的女人世界。

這本詩集教會我女人不僅止於似水柔情，還蘊含著更深層的意義，沒有讀過詩裡話語，就別說你是情場高手、洞悉愛情。很多時候，女人要的不是華麗珠寶、山盟海誓，所貪圖的只是那種淡淡的幸福，只要坐在旁邊一個擁抱、一個眼神或一句話，你就可以成為她的唯一。仔細品味這一本詩集，相信你也能成為女人引頸期盼的夜空流星。

自序

這是一段記錄我2007 到2020年這些年間的詩作集結。這些詩的產生，或是因為看到照片或是影像作品而引起的衝擊，或是因為生活中的事件導致我不得不用文字寫下宣洩。一直以來我對文字有份依賴，常常一個人獨處時，會很需要用文字寫下我那些紛亂的情緒，然後我就能暫時得到平靜，像是一種倒垃圾的感覺吧。而且常常多年後，再重新回看這些文字，我又會被情緒衝擊到無法自已。永遠都是自己的文字最能撼動自己，因為瞬間就能讓自己回到當時的情景與心情。這些詩作也同時有在部落格發佈過，十多年才終於累積到百萬人次的瀏覽，算是用時間來換取流量的格主吧！

會想要自費出版這本詩集，是我對我自己曾經許下的一個承諾。曾經我跟自己說，滿三十歲要替自己辦一個畫展，作為學習油畫的一個成果展。然後希望自己四十歲可以出一本書，替這個世界留下些什麼。三十歲那年如期的辦了一場油畫展，卻不曾想後來的十年，我卻遲遲無法決定要出什麼書。直到我老公的催促，我才真的定下心來想，我想要在這世界留下的足跡是什麼？

我雖然曾經很想要寫一本小說，但是我發現我緊湊的工作，讓我沒有心思好好的去構想一個故事，以及故事中的人物關係個性等等。即使在2020年，全世界都按下了暫停鍵，我也因此有了一個月的休息空檔，我仍然沒有任何構思。

後來回頭想想，還是用我最喜歡的詩來呈現吧。

這個世界，越來越快，瞬息萬變的生活步調，唯一不會改變的卻是人我關係那些幽微難解的情感。我喜歡用詩的方式，即使沒有詳細的背景人物說明，但是在詩這個簡單的文體中完整的闡述了那時刻的感觸或哀傷。我想，就留下一本詩集給這個世界吧。我們越來越少讀詩了，希望這本詩集，有某些文字能夠敲中你的心。讓我們同時間感受到那文字裡的冷冽與熱情。

這是一本很自我的詩集，希望你會喜歡。

目錄

遺憾，終究會不留痕跡（心痛不會）

那些逝去的，無常的
不過是些悔恨
偶爾進了心，被擾了節奏
日子終究無法頻頻回首
只能不斷向前

一天一天地
將遺忘成為本能
將深情歸還給時間

讓日常的瑣事填滿　覆蓋
直到不再有遺憾的一絲痕跡

而我 卻還是覺得痛
那份心痛始終烙印
在微笑幸福的背後
蒼疤兀自拉扯

遺憾，終究會不留痕跡

放手

你的每個不在乎
都讓我心痛如楚
花開花落化入土
緣淺緣深怨難付
隨手一揮徒追逐
仍然在此候成牘
淚眼轉身斬情愫
由你自在紛飛處

拒接來電

第一通電話沒接，你可能沒聽見，
第二通電話沒接，你可能不在旁，
第三通電話沒接，你可能在聊天，
第四通電話沒接，你可能不方便，
時針已經跳往半夜兩點鐘，
望著窗外的星空如此嘹亮，
映照我的寂寞是多麼張揚，
為何心的距離突然變迷茫，
第五通電話沒接，你可能在思念，
第六通電話沒接，你可能設勿擾，
第七通電話沒接，你可能正為難，
第八通電話沒接，你可能未玩完。
訊息此時傳來告知你安好，
卻未告知我的心如何安好？
此時你的心是否還記得我？
此刻你的人是否還想擁抱？
一聲一聲鈴響
一聲一聲無妨，

一聲一聲嘆息，

一聲一聲心傷。

要多少次的放縱你才會終於感到厭煩？

要多少滴的眼淚你才會終於想要回看？

要多少次的等待你才會終於覺得不安？

要多少次的失望我才會終於捨得離開？

付出的等候，換來一句，故意不接請不要打擾。

結縭的誓言，在一聲一聲的響鈴中漸漸潰散，

塞滿的寂寥，換來一句，壞了遊興都是你不好

相愛的真心，在一聲一聲的響鈴中漸漸敗逃

不相交的曲線

原本
以為我們是平行線，
所以
意外交會的剎那，
驚喜萬分，
以為我們的靈魂自此就將相交重疊。

直到
越接近越發現彼此的差異，
才知道我們一路是蒐集著彼此的相同而聚首，
然後又一路蒐集著彼此的差異而遠離。

原來，
我們是兩條不會相交的橢圓曲線。
在極接近的那刻，
體會了愛情得甜，
然後在下一刻就開始的奔離，
體會了愛情的苦。

然後，然後，
我們又會順著軌跡繼續往前，
繼續得遠離彼此。

偶然回頭，
淡淡的揣想著，
曾經我們離得如此近。

不相交的曲線

最後一吻

來到分離的路口
欲拒還留
本該揮別的雙手
為何不走？
還想負你一個擁抱
記住你身上的味道
怎樣才可以忘記
你吻裡的風暴？

最後一晚
最後一吻
最後的溫柔
最後的淚流
最後的最後
再見
再也不見

還想貪你一個擁抱
記住你身上的味道
怎樣才可以留住
那些難忘的美好？

最後一晚
最後一吻
最後的放任
最後的纏綿
最後的最後
再見
再也不見

無論我們是否還有緣
無論我們是否還相愛
再見
再也 不能見

待辦事項

密密麻麻
日期與簡明扼要的事件敘述
洋洋灑灑
明確的訴說
你的忙碌

還容得下我的思念嗎？
還有時間可以撥給我
讓我　偷偷塞進
無法排遣的寂寞嗎？

約定好的日子
輕易的被取消
沒有問原因
也不敢知道

收到取消通知
什麼回應也不敢有

默默的
淡淡的

深陷在妾身不明的模糊狀態
什麼也不敢問
什麼也不敢說
彷彿我也不在意

愣住的兩秒
應該也沒有洩漏祕密吧？
劃掉行事曆上的註記
期盼
那天的空白
能夠被什麼事情取代

刪除線
劃掉的
不只是一個事件而已

別來，無恙

別來，無恙。

這是我們一起走過的街道
這是我們最後道別的轉角
當心不再害怕錯過
我們都將學會勇敢

為你剪去的長髮
現在又留到及腰

每一寸都雜揉著酸甜
期盼
能讓你再次撫過
每一絲想念都將得到釋放

此刻
我們處在兩個世界
短暫的交錯

怕只為了當初沒來得及說出口的
祝福

別 來，無 恙？

我心已封緘
回億
終將只留存在飄渺的時間之廊

紅線

動動小指頭，
瞧見了嗎？
那一條紅線

捻著誠心的香
在月老面前
一遍一遍
跪求來的紅線

別問
何時愛上
怎會愛上

總之
這條紅線現在繫著
你跟我的心
繫著
我們的幸福

繫著
平凡雋永的下半生

可以遠行躲藏
可以忽視逃避

可是
那紅線阿
仍舊緊緊的繫著
直到生死交替
才會斷線

那紅線
不是來來去去的緣分
不會一下出現一下消失
那是　命運
那是　註定
硬是違逆
只是折磨兩顆心

順著紅線

讓我進駐到你的心裡

讓我和你

默然相愛

寂靜歡喜

愛。停泊

正確的時間點　　　　相遇
所以　　　　　　　　我們愛了

如此　　自然而然
如此　　自在隨性

沒有太多癲癡妄想
沒有過多猜疑妒恨

我們愛了
牽起彼此的手
靠在彼此懷裡

彷彿
走累的旅人
在最後的歇腳處停下，

彷彿
遠洋的漁船
終於返回了母港拋錨。

安心的退役
安心的佇足

承諾
最美的不是許下的剎那
是實現的時刻

我們愛了
許下了諾言
重重的　　沉甸甸的
壓在彼此的心上
再也容不下另外

隨著時光的流逝
我終於找到了你
繫上我的心
我的思念與傾慕

再次　　印證

愛就該如此　　自然

我想你

讀著　文
聽著　歌
能對話時
用力傾訴

無時　無刻

需要
感受

需要
擷取

即使是不曾交錯的過往
也　無所謂

隨著思念的蔓延
用任何相關的事物
試圖餵養渴求的心

心跳 漏了一拍
幸福 慢了一步

將愛裝上羽翼
讓相思不決潰

好夢易醒

可惜我的情，我的愛，
一直在那裡，卻沒有人願意撿拾
所以，
我還是孤單的一個人在這裡。
沒有人願意來我的懷裡，
也沒有人願意讓我住進他的心間默。然。相。愛

為何我的愛情，
總是別人替我選了結局？
好好地，握住彼此的手，走下去
竟是如此艱難？

在愛情裡，我們都膽怯，
我知道。
既然勇敢的開始，
為何沒有勇敢走下去？
所謂的更好，所謂的更適合，
究竟為何比現在手心裡的愛情重要？

這世間，竟然沒有一條路，我們可以同行了。

我們會是好朋友，
我知道。
只是我們心的距離，
將不可能再有如此靠近的機會。
我失去了，我想要的位置。
我只能在牆外，默默地守候。

我不會哭。
我會帶起我平常慣用的面具
我會堅強。
我卻知道我無法遺忘
如果可以，
我希望我有時光倒轉的能力
今生今世，我知道，我將再也無緣。

好夢易醒。
醒後的孤冷，
心傷
明明知道相守會有多甜

更心疼親手割破此夢的你
為何要讓那些話語溜出？

那些你曾許下的許多諾言，
既然你已不準備實現，
就由著我收藏。
我會記得，當初的真心。
我不想記得，你換上假面後的冰冷。

想當面跟你說的那句話。
我會繼續收在心的角落裡。

曾幾何時

手機傳來的不是你問候的暖語，
是你和她微笑十指緊扣的照片。
不是很確定，
你開心分享甜蜜的詞語，
究竟是想得到我什麼回應？
只能退居成好友身分的我
除了用微笑圖示帶過
我
無 言 以 對

淡淡的，
回憶卻在同時間襲來，

夜裡只要喊冷就會緊抱著我的你，
在廚房拋甩鍋煮晚餐的你，
唱著一首又一首動人情歌的你，

我已經不太記得你的模樣
記得的是
你的香水味
你的呼吸聲
你身體的溫度

看著你傳來的照片
也許
我的孤獨成就了你的幸福
是我們關係裡最好的結局

許願

和你牽手來到
這棵承載許多願望的樹下

那些或甜蜜祈求永遠的字跡
總是最先熾熱我的雙眼

那些淡定寫下身體康健的願
有多少真以為自己會離於世？

願望 是該許能達到的，還是不能的？

握緊你的手
我不想許願

我的願望既已成真又何需祈求？

我沒忽略你眼神閃過的不確定
誰又能在這浮世肯定那些想望必會實現？

默然，微笑。

佛云，當下。

多年後你也許不記得曾和我

牽手在這樹下

無彷

我記得此刻緊握的雙手

沒有分開的念

已足。

旁人或許悲嘆吶喊我從不要求承諾的癡傻

我只知道，嗔痴起於執著

非 我愛的保留

是 我愛的完整

如果強留不住你

我又何苦用承諾禁錮

怕是 只有傷到自心

攜手。離樹。

想望。放下。

墜落

順著溫柔眼神牽引
在詩詞歌賦流轉間
緩緩　信步
自幽微的山谷
享受陽光灑落

瞧見了嗎？　心動的軌跡
那麼 透明 那麼 存在
多想用吻封緘 這個祕密
卻見自己用 微笑 轉身

不害怕 被看穿
卻害怕 被忽略

於是 墜落
任憑
瘋癲 狂潮 淹沒

會眷戀吧？ 也罷
會想念嗎？ 也罷

但求被明白
沒有後悔過

為愛墜落

繾綣纏綿悱惻深情
編織最美麗的夢境

武妝

我在這裡 等你
守著一方早已被遺棄的記憶
時光輕柔　逝易
再怎麼輝煌璀璨的過往 也成了青苔的歇腳處
遊走 那些曾讓心頭一暖的 角落
漸漸 只剩下空虛 孤冷

我只能等嗎？
只能在這裡凋零 讓回憶挖空 我的思緒 我的靈魂？

不

拒絕　　我拒絕
被遺棄的我 被遺棄的過往
真一點都不再吸引目光？

從失望中覺醒
用黑暗與頹圮武裝

用自尊與驕傲妝扮
沒有陽光明媚的可愛容顏
卻還是要令人無法別開眼

掙脫 拋卻 曾經綑綁的甜蜜誓言
重新在這裡 站起
重新在這裡 魅惑
重新在這裡 重生
重新在這裡 遺忘

會有新的人生章節 等我

武妝

獨自覺醒的早晨

我還想在夢裡與你一起繾綣
清晨的陽光卻不許我
再繼續墜入
美麗卻不曾真實的的夢境

睜開眼
卻看見滿室充塞的孤寂
躲不掉的冷

沒有你體溫留存的床褥
再也承載不了我的哀傷

看不見嗎？　　感受不到嗎？
我再也無法掩蓋的情緒蔓延
即使是陽光也無法溫熱的陰暗

失去愛的軀體
光亮無法停駐

我醒了　　我醒著

想著可能有誰正擁著我曾有過的溫柔
我的微笑再也無法表達快樂

你留下的回憶
除了成為撫慰我的美麗夢境
也成為不斷凌遲我心靈的毒

放過我吧

回憶　你　愛情

獨自覺醒的早晨

看見我。好嗎？

我該如何讓你知道　我還在愛著你？
我該如何讓你看見　我還在這等你？

有沒有一種方法　　讓你會記得我？
有沒有一種作法　　讓你會想起我？

現在的孤獨　　我不在意
只要未來有你的陪伴

現在的痛苦　　我不在乎
只要未來有你的呵護

我愛你
如此真切
但你要怎麼才會發現？

我沒辦法逐日獵月

可否 可否 給我一個機會

讓我證明

我的愛

簡單卻如此真切

黑木 與 白鐘

他們說 鐘聲若響起 幸福就會來臨
因此總期盼著　鐘聲可以天天響起

然而　今天風吹得如此和煦
粗麻繩連飛舞的能力都沒有
今天　恐怕沒有幸福會降臨

我憂傷的在海岸邊說著

無論有風無風 鐘聲有響無響
黑木始終陪伴著白鐘

也許 幸福不是鐘聲召喚而來
不問歲月的彼此相伴
就是一種幸福

你牽住我的手淡淡說著

風柔柔吹過我們胸膛突然熾熱的心
髮梢穿過你的指尖
淚水滑過我的臉龐
我們都知道

因為我們不是黑木與白鐘
所以我們註定要分離
註定
要與幸福分離

你走過沙灘 敲響了鐘 為我
我走離沙灘 轉背向鐘 為你

幸福的鐘聲響亮美好
卻不能佇足停留
但 至少 我聽過了

劃破
寂靜夜晚
的流星……

黑木與白鐘

我知道愛情不容易

你是真愛我的 你說
但你不知道自己究竟要什麼 你說
你不想傷害我 你說
不希望我浪費青春在你身上 你說
你看不到未來 你說
遺憾無法給予我簡單的幸福 你說

一行行清晰冷靜的訊息傳來
又一次 你覺得放棄我是比較容易的選擇
又一次 我從文字得知自己被拋棄的事實

我知道愛情不容易
為何卻總給我難題？
簡單付出而喜悅的愛情
為何總是與我遠離？

我不應該愛你的 本來
可是我只在你身旁感覺到心安 本來

我不想再被傷害 本來
命運卻要我遇到你並找尋答案 本來
我也沒想過未來 本來
但我無法控制自己思念的舉動 本來

一幕幕過往相處的畫面襲來
又一次 發現自己不是個值得努力追求的人
又一次 在空虛獨處時要面帶微笑不打擾人

我知道愛情不容易
可否不要再給我難題？
相遇相知相守的簡單愛情
可否不要再與我遠離？

我不懂的是一起經歷痛苦的我們
你卻總是這麼容易就選擇放棄？
我不懂的是一起走過滄桑的我們
你卻總是這麼容易就選擇逃避？
我不懂的是一起有過共識的我們
你卻總是這麼容易就選擇忘記？

何時你才會願意傾聽我的聲音？
何時你才會願意相信我的真心？
何時你才會願意了解我的堅貞？
何時　何時　你才會懂愛？

我在等你

從知道的那一天起
我就一直思索著 我應該怎麼樣來與你見面
已經無法開懷大笑的臉龐 還是執著的掛著憂傷

在自責過深的黑暗道路上走過
我還沒能找到璀璨的光芒
在濃霧裡我迷失了方向
只能在等迷霧散去時先規律的生活著
失去了對生活的熱情與動力

我 還怎麼能吸引你前來？

好怕
現在這樣的自己怕會讓你卻步不敢向前
可是我卻又是這樣渴求你的包容與撫觸

那年的事件意外揭開了最深沉久遠的痛
有生以來的每道傷口一次性的檢視

原來
汲汲營營戰戰競競的目地
如此卑微
吊詭的是越是害怕與避免 自己就越往那深淵墮去

而你
是否願意接納這遍體磷傷的我？
是否願意呵護這殘缺不全的我？

幸福，你知道我在等你嗎？
你知道我是如何忐忑的等你來臨嗎？
有沒有人可以告訴我，在你來臨前我應該要怎麼辦……

劃破
寂靜夜晚
的流星……

我在等你

渴愛的墮天使呢喃

想要在溫暖的懷裡綻放
但是已經被掏空的軀體
失去可以燦爛的羽翼後
再怎麼妝點都不是美麗

會有人疼惜嗎？
會有人憐愛嗎？
被烙印的靈魂
等待　救贖

那不是墜落引起的痛
那是墮落

安撫不了眼淚
就不要來碰觸
幽微的角落至少有安靜陪伴
沒有豐沛愛意
就不要來打擾

那些不著邊際的話語請收起
那些落井下石的刻薄請收起
這裡
沒有童話 沒有美夢　沒有希望

但是有真實

冬天是想念的季節

好冷
戴上了毛帽，手套，圍巾
穿上了保暖衣與羽絨外套
我還是抵擋不住那由心中發起的冷

不自主的發抖
想起
上次這樣發抖時挨近你身旁
你心疼的抱緊我
從你掌心與胸膛傳過來的暖意不絕

那是第一次
你不管身旁有人 仍然抱緊我
努力 緊抱 要將你的暖傳給我

那也是第一次
跟你連續不間斷相處超過12小時
我開心笑著 在那一天因為 你一直在我身旁

寒流一個一個襲來
想念一個一個迫害
我好想再讓你擁抱一次
我好想再體驗一次你的體溫
那　讓我不會再發抖的體溫

你病了 你說
我靜靜的待在這裡　等你
原本以為忙錄能讓我平靜
寒意卻無遮攔的侵入我心

我想你了
我寂寞了
我還在等你
你知道嗎？

當哀莫大於心死時，天使折翼

終於 確定自己已經斷翼
終於 確定自己沒有知覺
終於 確定自己　墮落

能說不想念遨遊天際的自由遼闊嗎？
能說不喜歡漫遊寰宇的簡單隨性嗎？

是自己 用雙手 將背上的羽翼 切割

切割回憶
切割身分
切割一切

已經無法確切比較羽翼漸次剝落的時候
是肉體 還是 心靈 感受到的痛楚較深
那痛在每一刀都加劇
那痛在每一吋都火燙

無法嘶喊　無法流淚
無法合理的說服旁人自己為何做了這個選擇

背上 從此留下了深深刺眼的兩道疤

可笑的是 刺眼的傷疤不斷嚇壞旁人
自己因為看不見 並不知道那些疤痕的醜陋

時間再久一點
也許　也會忘記當初自己手刃雙翼的理由了吧？
也許　就能忘記切割自己時瘋狂自嘲的笑聲了。

噓～ 我上癮了

寶貝，

噓～告訴你一件祕密　我上癮了

什麼癮？ 好難有正確又仔細的說明

朋友說　我的病徵未免來得太遲

而我說　那得怪癮頭潛伏期太長

可能正因為潛伏期太長

對於是怎麼無所抵抗地染上了這癮

一直想不起來

沒有任何線索能揭開成因的面紗

反正醒悟時　我已經被判定有了癮

既然確定染上了這癮，就註定踏上了一條不歸路

不能回頭　直到生命乾涸

每個人 繪聲繪影地 說著被這癮纏上的可怖

在我擔憂　我的心是否可以承載這麼多警告時

我不能忽略　嘴角的的確確藏著幸福的弧度

是病徵的一種嗎？
朋友說　　是已經到了無法根治的証明

寶貝，
這癮　很特別
病發時，　偶爾會沉溺地回憶
　　　　　偶爾會悲鬱似癡狂

尤其是
當你和我的距離是以城鎮或是山岳的數量來計算時

是的　寶貝　我得了思念你的癮

空白頁

是結束 也是開始前的等待
停歇在密麻章節的之前 與之後
不論心將被如何牽引 癲狂
在這

只有安靜

可以快速的被略過
也可以仔細地確認撫觸
準備充足 在往前奔 或是往後閱去

不曾質疑存在的意義
直到被嘆息聲驚醒
原來一身不勻地泛黃
無法再讓誰的靜默擱置

只剩下抖不落的

寂寞　歲月

祈禱。因你

沉醉在你的眼裡 融化在你的手心
在你厚實胸膛枕著安穩情緒 順滑了所有的不快
總算 我們遇到了彼此
縱使 我們滿佈了傷痕
或深或淺 都讓我們習慣性的築牆

不確定為何我們心中的牆 在遇到彼此時瞬間就化無
不確定為何我們嘗試要抗拒彼此的牽引時
卻從來沒有真正的勇氣消失彼此的生活裡

不記得我的手是怎麼被你緊握的
不記得我的心是怎麼被你俘虜的
不記得初次重逢所說的第一句話
不記得多年不見的生疏如何消散

劃破

只記得被你牽著的手會感到幸福
只記得被你擁抱而眠會感到疼惜
只記得雙唇交疊時是何等的燦爛
只記得望著我的眼眸總帶著溫柔

我不敢確定我能帶給你多少的快樂
但是我保證盡我所能
我不敢確定我能替你分擔多少憂愁
但是我保證定會傾聽

沒有想要改變生活現狀的想法
只有想要一起平淡生活的願望
希望這想望　有一天會實現

飛翔

飛翔　需要一對翅膀　還是一顆勇敢的心？

勇敢的心 你說
那是因為你早已經有了一對羽翼 我說

如果不敢勇敢的跨步　怎麼飛翔
何況羽翼早已在你的背上紮根
是你的固執與漠視凋零了它
你捏了我的頰

你不懂的
在你的心裡藏著她的愛
所以你能夠為她恣意的飛翔
而我
全心的愛意都在你身上
被你忽視
我

無法飛翔

選擇佇立在相同的樹下
給你相同的擁抱
也許 哪一天 你也會為了我停留
也許會 也許不會
但你會知道　這裡可以找到我

飛吧
讓優雅的身軀
沐浴在璀璨的陽光下 綻放
那一身令人窒息的美麗

愛 就留在未說的話語裡慢慢發酵與燃燒吧

非黑也不白

非黑也不白
不是 與是之間
不上 不下 是現在的處境
我被擱置在這只能用力的呼吸 用力的想念
是誰說的 青春無敵 有用不完的時間
是誰說的 人定勝天 可以度過所有的危難
是誰說的 未來好遠 現在只想要懶散
我不想要在這
只能獨自的悲傷 獨自的流淚
是誰說的 天將大任 必定要先受傷
是誰說的 真愛難尋 沒有曲折不見真意
是誰說的 生命精彩 只因它短暫
非黑也不白
不是與是之間
不上 不下 是現在的處境
等待答案是人間的煉獄

我。想吻

一個人回家　一個人回家的寂寞車上
突然　想起那雙唇交纏的曖昧
柔軟的唇瓣　彷彿將全世界的苦難　都輕輕 撫 去
只是我們都沒有勇氣　用舌尖　去挑起一場風暴
一個吻　一個簡單的吻
會讓人相信　這世界還有值得奮鬥的理由
一個吻　一個簡單的吻
會讓人相信　這世界還值得活下去的原因
我即使沒有愛情　即使沒有情人在旁
那玄之又祕的吻　仍然讓我無法輕易放棄
我想吻　吻住一個一個的問號
我想吻　吻住一個一個的遲疑
我想吻　吻住　你　的　心
一個吻　一個簡單的吻
會讓人願意相信　這世界還有　美好
一個吻　一個簡單的吻
會有人願意相信　這世界還有　還有些　美麗的夢可以成真
我 即使沒有愛情　即使 沒有可吻的人選

那甜之如蜜的吻 仍然讓我知道不應該放棄

我想吻 吻住一個一個的問號

我想吻 吻住一個一個的遲疑

我想吻 吻住 你我之間 飄渺不定 的曖昧

就算我知道 我沒有太多時間 去擁有

我仍然願意孤擲一切 去換一個 吻

一個 會讓我不虛此生 的印證

一個 會讓我沒有遺憾 的愛吻

有這麼難嗎？

只是想要將心中那份幽微難斷的感覺告訴你
先是找不到 貼切的詞語
後是找不到 適合的機會
又是找不到 正確的方法
有這麼難嗎？
看到駑鈍焦急的自己
恨不得將心剖出的臉龐
好氣又好笑
哭啥呢？
說出來 如果無法改變任何既定的事實
何不，
微笑，大方的握手祝福？
再狠點，
親手打造一對羽翼
讓你可以快樂的飛去
遠遠地
飛離我的世界
讓感覺，情緒都飛離

理智會留下
陪伴我過日子
平淡有序地過日子

是的，我想你

我可以丟掉你送的禮物，跟你有關聯的任何物品。
但是我丟不掉你的擁吻。
我可以瀟灑甩開你的手，轉身大步離開你的身影。
但是我甩不開你的溫柔

我不確定

就這樣沉淪下去比較可怕
或是假裝不在意比較可怕
我能確定的 只有
此刻僅有孤寂陪伴著我 和我的驕傲

回頭，你會在嗎？

有一種情緒在拉扯
於是 我回頭
意外跌入你雙眼的深潭
找不到正確的詞語去讚歎
任由身旁的空氣
漸漸迷濛
哪裡是前方？ 哪裡是歸途？
旋轉 選擇跌入 再次跌入
以最驚恐謹慎的心情
躲在你懷裡
怎麼 世界安靜了？ 停滯了？
哪裡是幸福？ 哪裡是喜悅？

轉身 選擇墜入 再次墜入
以最甜美珍惜的心境
吻住你雙唇
怎麼 空氣凝結了？ 冰封了？
有一種 想念 在拉扯

回頭 究竟 是不是最好的決定？
此刻
靜默 只揭露了淚痕的嘶啞無力

初秋。斷翼

微涼的秋
卻流動著熾熱的氛圍
沒有太多的言語綴飾
只是不斷的墜落
忘記了曾經
忘記了現在
忘記了未來
所有的牆都已頹圮
所有的恨都已消失
所有的夢都已蒸發
紛亂的呼吸襯應著狂亂的心跳
秩序與毀滅衝擊
卻
止於一記溫暖的眼神
斷裂的羽翼終於不再淌血
緊貼的擁抱終於不再冰冷
封緘的心　仍被猶豫圍繞

停下腳步不是因為膽怯

而是考慮下一步要選擇邁步還是飛翔

今晚

讓幸福暫時休憩

12點前

停止禱告

暗夜浮動

流洩的音樂 靜靜的充斥包圍
直到填滿你我之間的距離
我們的眼眸 在漠然底下 藏著慾望與暗示
誰也沒有出聲
誰也沒有移動
空氣沒有因為凝視而滯礙無法流動
反而四處早已散落著星火
彷彿 隨時都可將這一室燃燒
夜 讓一切舉措都蒙上紗
噓 等一場好戲巧妙上演

擁有的方式

曾經我們　只是不斷的擦肩而過
曾經我們　在不同的時空體驗相同的經歷
曾經　那許多的曾經
都化成重遇後的一抹微笑
歲月在你我身上都留下一道道傷痕與印記
我們　相擁
我們　親吻
我們　疼惜
我們　如此的小心翼翼 卻又直接無遮掩
讓偽裝的牆　崩壞頹圮　只為彼此
縱使　有太多的不同
過往　早已讓我們懂得接納
保有彼此的差異　是你我的堅持
我們仍不敢稱這為愛
只因我們都太害怕要在重遇愛過的痛
陪伴　傾聽　撫慰的體溫
我們單純的這樣　擁有

寂寞單車

孤寂的單車　等候的　是誰的停靠？
有沒有一種眼眸
可以讓你停下？
有沒有一段回憶
可以停止哭泣？
有沒有一朵微笑
可以忘卻煩惱？
咫尺觸手可得的你
轉身的背影
輕易
將我拋離在天涯外
你不懂嗎？

天氣再晴朗
我也沒必要在這佇足
何況是雨夜？
讓我的雙足
失去行動自由意志的理由

你

真的 不懂嗎？

寂寞單車

爲我掬一把快樂

我的心情 已經不再能由自己掌握
跌跌撞撞 在時間橫流中 迷失
當思念沒有出口
如何倒空滿溢的猜疑與不安？
只是一個回眸
就能將我拉扯為人間
卻只等到漸行漸遠的背影
也許愛情來過
也許只是誤會釋放了美麗的煙裊
也許 是我的執著與單純
讓一切蒙上了悲劇的氛圍
飛走吧 自由的靈魂
留下這一顆兀自等愛的心
沒有期盼的澆灌
終能換回 清醒
迷霧散去時
請記得微笑

夜裡的一場醉

如果說
愛戀只是一場追逐遊戲所呈現的夢幻泡沫
我要擁抱的
是繼續待在泡沫的勇氣？
還是繼續玩遊戲的堅持？
午夜裡
無法安睡的寧魂
紅酒卻是越喝越清醒
酒精侵蝕著一道道回憶之牆
怎麼當初擁抱我的臂彎不見了？
怎麼當初允諾我的嘴唇消失了？
尋找　還是　遺忘
我沒有辦法去決定
幸福的味道仍然完好的封存在腦海裡
那樣甜蜜的縈繞仍然讓我無法自抑
縱使在知道琵琶已別抱的當下
我仍寧願用記憶取代現實
愚蠢？

可誰又能在愛情的面前保持清醒與邏輯？
　誰又能在愛情的跟前維持理智與判斷？
愛過不會消失　但會漸漸失去溫度
恨過不會遺忘　但會漸漸喪失濃度
不想再愛你了　不想再恨你了
潑灑在地的紅酒縱使會留下一些漬痕
仍然無法掩蓋原來的顏色
微醺　慢舞出夜裡的疼惜
酩酊　緩踏出夜裡的寬容

睡去吧　無依徬徨的靈魂
愛情永遠無法被自絕身外
微涼的秋風會撫慰被情燒燙的心
只要　你願意　閉上眼 睡去
讓寧靜覆蓋著你

守護天使的眼淚

如果可以　我真的希望你可以看見我的真心
如果可以　我真的希望你可以明白我的用心
如果可以　我真的希望你可以察覺我的苦心
我在這裡　看著你難過的背影
我卻沒有可以伸手安慰的理由
我在這裡　看著你流淚的眼眸
我卻沒有可以擁抱安撫的藉口
一切的不確定
一切的不穩定
我們之間沒有開始過 怎能說結局
一切的不開心
一切的不愉快
我們之間沒有交集過　怎能說離去
我還是想愛你　縱使你可能根本就不知道
我還是想疼你　即使你可能根本就不需要
如果對你付出可以讓我的心情平靜
為何我還要持續抗拒？
如果因你的笑可以讓我的鬱悶疏散

為何我還要繼續躲避？
就讓我滿腔的溫柔釋放吧
就讓我溢滿的關懷解脫吧
無論會不會有回應
我都願意這樣繼續下去
愛情 從來沒有道理

愛在這裡嗎？

如果在那個時間那個地點　我註定要撞見你
我願我可以無所畏懼的大聲說愛你
如果在這個時間這個地點　我命定要重遇你
我願我可以無所遺憾的大方祝福你
想要擁你入懷
想要逼你瘋狂
想要為你溫柔
想要讓你性感
所有的慾望拉扯　所有的無奈糾結
一身的傲骨潰散　一生的哀愁包圍
我還能選擇什麼？
可以任性嗎？　可以自私嗎？　可以墮落嗎？ 可以沉淪嗎？

呼喊 沒有聲音
哭泣 沒有眼淚
微笑 為了你　為了我
歌唱　為了今生　為了來世
靜候　為了真愛　為了誓言

如果……你會 知道嗎？

如果我　開始回想起我們的那首歌　你會不會跟著一起唱和？
如果我　回到當初我們相遇的街角　你會不會可能也在徘徊？
如果我　待在往日狂歡笑放的廣場　你會不會依然恣意擁吻？
如果我　耗盡力氣用盡生命去想念　你會不會願意在我身邊？
沒有回應的問題　在天空飄散
只有陽光的溫暖　讓心臟跳動
再多的如果也勾引不了一場真實
然而我卻怎麼也沒有勇氣衝破試探

六月的醉

沒來由的　我醉倒在沙發上
腳邊的合照
你還在親吻我的唇
那是去年此時的甜美

不願清醒
回憶　究竟是嗎啡還是鐮刀？
我的心已經無法辨識
就醉著吧～

朦朧中　我才能繼續逐夢
忘記自己的孤獨　往前飛去
忘記沒有人等候　往前飛去

帶著醉　我才知道怎麼 獨活

崖邊的獨舞。自白

懸崖邊境　已然日落
美麗的海景 自由的海風
身心放逐的一天
都將隨著太陽的沒入沉靜

那些心思情動翻騰飄浮的痕跡
都將隨著海浪蛻變輕撫的歌謠

就在你擁抱身邊的她甜蜜入夢時
我 仍會在這危險的崖顛　旋舞
用盡全身的力氣　跳躍
甩開擾人的回憶　撼動
讓靈魂隨著一波波的浪淘　淨化

無痛 無恨 無愛　無淚
只有汗水與月光的交纏

獨舞　只因再也無法分享我的節奏與步伐

獨舞　因為愛　愛自己　愛你　甚至也愛你的她

回憶已然斑駁　已然褪色　　已然沒有氣味殘留

夜　　讓一切回歸了平靜

我　　終將會在曙光前停下舞步

木棉花開

看到了嗎？木棉花開了。

火紅的花朵開滿在這個冷然的街道
每個人都在低頭
思索著不遠的未來是否有希望

填飽肚子的希望
續繳貸款的希望

當物質的追求被逼成為第一優先時
你與我又是否能享有詩意般的生活

木棉花就要凋謝了
雪白的花絮似雪
將在溫暖的台北街頭
　　溫柔的撫觸行人

恐慌

想要感覺你的呼吸卻不可得
想要聆聽你的細語卻不可得

手指試圖從重複的撥號動作找到安慰
電腦語音的音樂提醒著孤單的身分

緊握自己的心
將一切放空
夜半的喧擾仍在耳中嘲笑
蹲低的身影讓寂寞忍不住擁抱

只剩下顫抖還有存在感

如果入夜之後的孤獨令人窒息
陌生人的肩膀就能得到快樂嗎？
對承諾感到害怕與恐懼，
就得放棄遇見幸福的希望嗎？

給予或許不可怕，
被遺棄也不可悲，
繼續讓回憶折磨，
才是要跳脫的枷

想念的味道

濕冷的空氣夾雜的氣味
是一種熟悉的味道
想念　如影隨形
說不清 引發想念的原因
邁開步伐

是薰衣草的味道
賴在陽光裡不肯離去
寧願被牽絆
也不要孤單的自由
是猶豫與猜忌
讓你， 讓我，
身處同個地球，
卻像是在不同的時空

想念 仍然如影隨形
吞噬我的人生與悲喜

通訊軟體裡的人生

喜歡用文字交談
喜歡僅屬於你和我的對話框
喜歡沒有他人存在的空間
單純　　只有你跟我
然後我可以忘記你其實還有她
然後我可以假裝你只有我
然後我可以盡情的撒嬌
然後我可以恣意的畫夢
喜歡用文字交談
喜歡隱藏自己真正的情緒
喜歡用微笑的臉譜來維持堅強
就算　　我早已淚流滿面
然後我可以忘記我其實在意你
然後我可以假裝我不愛你
然後我可以盡情的搞笑
然後我可以恣意的裝傻
面對面的一切都太直接 沒有思考與轉圜
害怕被發現

根本就還是在愛你

終究無法接受會失去你的現實

沒有聲音，沒有影像，只有文字

用堆砌的辭藻說服自己並築好一道偽裝

於是　我可以安然的活下去

風語

風動了
有那麼一種思緒在飄動
陽光溫暖了乾澀的心
卻無法帶來堅定的喜悅
某些不確定的語言
交織著一個美麗的夢境
要不要去追逐？
只能嘆息意像帶來的希望與痛

風停了
沉澱的心思有海的味道
流浪天際的渴望躲在逃避的簷下
勇於面對是不可說破的戒
丟出的文字與轉身的背影
迷離雙眼的焦灼
要不要去求一個答案？
只能搖頭可惜那曾迸裂出的花朵
竟是如此美麗

對於愛情……

是夢幻是折磨是甜美是淒楚
是歡喜是自虐是圓夢是幻滅

理智與感性的拔河
任性與矜持的爭戰

同時間飛上了天堂淺嘗那份狂喜
同時間墮入了地獄經歷那份沉痛

是什麼令人痴狂
是什麼要人瘋癲
是什麼讓人冷然
是什麼淬鍊孤單

愛情　是最美麗的毒藥

對擁抱的幻想

你知道我一直都想被你擁著
讓我的四肢軀體都癱軟在你的懷抱裡

或許你會親吻我的額頭
或許你會輕撫我的長髮
或許你只是緊抱著不放

我只想就這樣賴著 貪婪的任你寵溺
讓你穩定的心跳伴著我入眠
最好是溫暖春日的午後
　或是微涼秋楓的傍晚
在你敦厚的胸膛裡承載我紛亂的夢
幸福會經由你的指尖降臨
時空會在你的擁抱中暫停

愛若然有身影
那必定是你的吻微氤
你知道 我一直都想被你擁著

那一夜，什麼都分不清楚……

遺憾　是個誘人犯罪的字眼
為了不留下遺憾
放任感性浪漫思潮淹沒理智
在有了當時自認為美好回憶以後
然後呢？
當空虛襲上心頭 孤絕逼近體內
不留遺憾究竟是正確應當的作為
　　　還是要堅毅忍下的衝動
已經失去思考能力的自己
該是什麼也無法分辨

當愛情沒有糖衣甜蜜幻覺的包裝
索然無味　只剩艱澀與苦痛
為何仍是執意的要去品嚐
且還深怕錯過任一的機會？

這應該是一種自虐的過程與傾向

究竟有甜蜜的回憶再分開比較痛
還是讓對方自始至終不知自己心意比較痛
在分開或是結束的剎那
怕是分不出來的吧！
回億　究竟是治癒分手的解藥
　　　亦或是深化痛苦的催劑
在眼淚無法止住的時刻
怕是分不清楚的吧！

我不是堅強

風吹過髮稍
我在你耳邊
輕輕的說聲Goodbye

轉身 大步的向前走
邁步 勇敢的不淚流
不回頭　不讓自己懦弱

我不是堅強
我只是逞強
我也不喜歡孤獨的方向

我不是堅強
我只是逞強
因為我並不是你的唯一

但是卻在回家的路上
讓握著手機的手　用力到虛脫
但是卻在回家的路上
讓自己徹底的痛　痛哭到虛脫

不能流出的眼淚

該要怎麼去解釋
心中滿滿的悲傷？

因為太過愛對方，因此選擇不說出仍然在乎對方？
因為太在乎對方，因此選擇不告訴痛徹的心是為誰而傷？

想要借酒澆愁，卻找不到可以忘記回憶的酒
想要裝瘋賣傻博取一點施捨的溫柔
驕傲的自尊急忙用最笨的方式保持清醒

很痛　好痛
卻無法真的去恨上天給的安排
似乎這是對年輕時不懂得珍惜所有最好的安排

想要嚎啕大哭
卻不知道該用什麼理由去流淚
想要逃離這些痛苦
但是沒有可以讓回憶找不到的地方

我知道我要祝福
我知道我要學會放手
我知道我不能再依賴對方
我知道我要快點學會這輩子的人生課題
我知道我就算痛也不能拆解對方的幸福

但是那絲絲椎裂的痛讓我無法入眠
謊言只能欺瞞對方的眼
卻無法讓心也獲得釋懷

愛戀在來去之間太過匆忙
忘了留給我喘息的時間
或是我還太執著於不該有的希望

如果說
這輩子我注定得不到幸福
那上帝可不可以不要再安排讓我錯覺的劇情？
我可以孤孤單單無情無愛的過完這生
但求不要再讓我品嚐這樣艱澀難擋的苦楚？

我只是不想再流淚，
這不應該是一種奢求吧？

不能流出的眼淚

迷惑

要多久才可以遺忘回憶給的痛
要多久才可以重新對愛有希望
要多久才可以記起流淚的感覺
要多久？

不介意生命在這刻畫下休止符
因為已無所依戀
對於戀人的擁吻也失去了妒恨
因為已不再渴求

明白了行屍走肉的意義
找不回陽光燦爛的笑容
向日葵不再向陽
怕是因為走到生命的盡頭

真是因為沒有人愛嗎？
不是

是因為沒有人有足夠的勇氣與力量
敲破心中築起的那道銅牆鐵壁
眼中總是散不去的冷
嘴角總有凝固的悲傷

不希望被愛嗎？
不是

是因為沒有把握自己是否能夠再承受任何的傷害
寧願孤獨寧願當替代者
也不要讓自己站在愛情的第一線上
用脆弱遍布傷痕的心
再發光發熱的闖盪

矛盾。掙扎。

不要再來試探，不要再來給我希望
沒有把握讓我幸福
那就不要再拋任何的曖昧給我

就乾脆的告訴我 這是我的宿命
就決斷的告訴我 我注定孤獨

不會哭，不會笑，不會悲。不會感受到任何過大的心情起伏
這就是現在的我
不用給予可憐，

因為憐憫不會讓我幸福。

就轉身離開我吧！
陰鬱的角落沒有人會喜歡長留。
我不會怪罪，只會體諒。
既然我接受了寂寞的長期陪伴
我已經預見自己不能再依賴在誰的肩膀裡……

希望被愛又怕被愛傷害的我
已經開始不可理喻……

念。忘

不知怎的
想起了你
你在哪呢？
連風 都沒你的氣息
你說要去追尋你的理想
你說 會等待
如今，
等待的是我
消失的是你

就要忘了你了
卻又是這般的藕斷思連

不敢想你阿
卻又是這樣的澎拜思潮
告訴自己
放棄你吧
專心得躲在他的懷裡

淺淺 斷斷 痛
讀你留下最後的音信
溫溫 脈脈 痛
折磨自己竟成了每日的戲碼

不能去追你的去處
不能去猜你的心思
也許，就忘了吧
只留一夜回憶
只藏一角心落
也許，就忘了吧
緣分既已盡
何苦再追尋

淺笑
是這樣吧
忘了我
忘了你

忘了這段緣

崩潰在思念裡

驕傲與臣服的心思雜陳
已經七天
讓自己完全失去你的消息
欺騙自己一切無恙
卻在第八天的凌晨
思念崩潰

抑制自己撥打電話
彷彿自己已經認輸

只不過想聽到你第一次主動找我的聲音
只不過想知道那會是個什麼樣的感動

給自己撥一通電話的奢侈
無人接聽的結局讓自己更加陷入更深沉的痛
認輸臣服之後卻被遺忘

何苦在愛情的世界裡努力假裝幸福？

既然被遺忘

那就放棄吧

別愛。離情依依

沒有愛情的日子
除了孤獨的窒息感，還有什麼？
一個人百般無聊得等待
無人可待時，是否可怕？

直到今天，愛情仍然在朦朧後面
我懂什麼是愛嗎？
在眼淚背面，藏的是什麼樣的思緒？
不該為某人守候的話
我應該將自己放置在哪裡 安。身。立。命？
這一輩子，心裡應該放誰？

是什麼樣的勇氣
將自己推離最愛的人的身旁
總是離開後又想念 反覆輾轉

愛一個人最難的是成全
犧牲自己的生命也要成全對方的快樂

戀。夏日

春天的腳步已遠
輕柔的風仍眷戀著撫弄

不該有遺憾
不該有哀愁
這是該要歡騰的季節

戀人在絮語
單相思的人鼓動著
或許 就這樣衝動下去
只為了夏日的陽光可以多一種味道
海水以外的味道

正喚起

鄉愁

一切都在改變
街道 行人 交通 我
喧鬧著的是不同的話題
相同的
是這城市自傲的調調--生活 品味

然而我卻自絕於這城市之中

我 一名遊子
卻奢求一切如故
恐慌的在陌生的面容裡找不著熟悉的味道

當曾經種下的雛菊變成了杜鵑
這城市對我而言還剩下什麼意義

孤身漫遊

一個人會發現時間的漫長
二個人卻驚覺時間的飛逝
等待讓每一秒鐘都有分量
我在你的吻中流失了晨光

愛戀若然一定要搭配思念的苦
這一杯double expresso怎能不嚐？

因為想念你而寫下的詩句
總是悲喜交雜
千萬字 也訴不盡
愛你的剎那讓我變的有多堅強
孤單的漫遊
只為了讓你尋獲
這一縷 為你而苦的靈魂

愛你是我最後的念頭

短暫相逢 美麗的邂逅
眼光流轉 你我的夢
是否該退縮

擦肩而過 婉轉的哀求
時光兜轉 你我的愁
是否該挽留

是否該執著

既然愛了 能不能 能不能 不要說離開 不要說分手
既然愛了 能不能 能不能 留下來 不要淚流
我只是想和你一起生活 一起追求 簡單的幸福
為何你還是轉身離去 跟我說 等我

既然說愛我 為何還要分手
既然說愛我 為何還有離愁
不要說 不要走 讓我留下你的夢

讓我在太陽落下之前 還有笑容

因為愛你 是我最後的念頭

想念你

對食物 感受不了甜酸
對天氣 查覺不了冷暖

生命被抽離部分
只能基本的活著

快樂隨著你的背影離去
哀傷牽著我的手心相偎

等待再次重逢的日子
短暫被愛包圍的日子

然後又要重複孤獨無依
然後又要忘卻自己無憑

我不要這樣的輪迴
卻又放不下你
只能任由自己

在思念的煉獄裡煎熬

淚 早已被熾熱的火烘烤
愛 仍在持續的掙扎求生

如果愛情註定要痛苦
我已經承受的
是否可以換來一場疼惜？

烈火燒傷的不只是身體
還有一段單純真誠的愛

愛你的理由

在陽光底下的你
有一種特別的想念味道
無辜的眼神中 潛藏著是怎麼樣的深情？

我愛你
因為你讓我明白了
陽光的意義
在初見你笑容的那天

別用任何理由來閃躲
我知道我的愛或許殘缺的令人生嘆
但是請相信
這顆曾經破碎的心
正在你的愛裡重新撫育 重新出發
重新的活躍
重新的明白愛情的美麗

我愛你
只因為我相信你也是愛我的
不要保留
不要讓我傷心

愛你
是我今生最後的課題

向日葵。陽光

陽光停留在你的嘴角
風雨被你的肩膀遮擋
我被安置在你的眼眸
你的指尖有我的夢想
我是誰？
我是你，一部分的你
你是誰？
你是我，一輩子承諾
向日葵不會知道向陽的理由
原來都跟愛有關

網戀

我覺得我可以就這樣看著你一輩子
就這樣坐在這裡
看著你隨意的一舉一動對我的心情造成的影響波動
我喜歡這樣的感覺
因為你的皺眉而傷神
因為你的微笑而開朗
就這樣一輩子

就算只可以透過屏幕看著你 都讓我覺得幸福
如果我可以觸摸到你
我擔心我將無法承受
那強大的幸福感
勢必會將我的神經撕裂
讓我對除了你以外的事物都失去感覺
我怕我會因此失去了自己

為愛而生的我
只為了你而生
這樣會不會太沒有自我？

然而我內心的慾望隨著仰慕你的心
開始蠢動
也許我即將無法滿足於這樣坐在這裡看你一輩子
我的慾望會不會破壞了現在和諧的關係？
你輕輕的笑了起來
彷彿這個問題很傻

但是
我卻明白飛蛾撲火的衝動
不只會將自己毀滅
還包括你

抓

伸手
想抓
想抓住幸福
想抓住時間
抓住將逝去的
抓住已逝去的

空空的手 在空中漫舞
渴望的手 努力想攫取什麼

握緊又放開的過程中

曾擁有的 又逝去了
曾逝去的 依然流逝～

焦急的眼 撲簌留下眼淚
試圖挽留

但是

空空的手 仍舊空空

戀。毒癮

親愛的 你像毒癮一樣誘人
一個微笑就讓我知道了天堂的模樣
一個皺眉就能立刻牽引憂傷的眼淚

哪裡有戒掉你的勒戒所？

我只想正常的生活
維持我正常的生活
我卻是無時無刻狂想著你的容顏
彷彿那是世上最重要的事情

哪裡有可以戒掉你的處所？

誰可以在我失去理智之前
讓我可以停止這瘋狂的想念？
我的生命漸漸的失去了光采
漸漸的 除了你的身影 什麼都不留下了
我的生命正漸漸的 變成你

這毒癮太過強烈 太具殺傷力
為何沒有警告標語貼在你的笑容之上
讓我可以在陷入之前擁有逃開的能力？
別再靠近 別再誘惑我
我的靈魂會不再屬於我

可是那醉人甜蜜的幻氳
我無法抵擋
如果地獄裡有你的微笑在那裡
我還是願意墜落
只為了品嚐比天堂更美好的吻

第三者

被你想念是一種奢侈的行為
我卻這樣酣享著這罐甜美的醇酒
寧願長醉不醒
也不要醒來時的頭痛欲裂

杯杯瘋狂的醇念
讓人沉醉
為何釀製這樣美的酒
讓我失去了清醒的念頭？

追逐

遙遠的距離在歌聲中變成零
等待的里程在眼神中變成無

我是這樣的愛你
在這裡用夜晚的星光
想像黎明中的你是什麼樣子
你又是否記得我在夜光下是什麼模樣

追尋你的影子讓我疲憊
你何時才可以回頭看看我的奔跑
你是否可以在我的眼裡找到未來
我已經在你的眼中看到我的夢想

別丟下我一個人
別讓我獨自面對
我需要你
我需要你給我一個字詞
我便又有了追尋下去的勇氣

你可以驕傲的轉身
但是請留下一隻手牽引我
我需要你的愛
我需要你的溫柔
我需要你告訴我
我不能愛你的理由

今天的黎明美嗎？
我這裡的星光好美
就像告訴我
我對你的愛將會有發光的一天
給我一個吻
我便可以幫你找到太陽的方向

後會。有期

距離從來就在我們之間
就像我孤獨的思慕
沒有間斷過 沒有消失過
轉變成一聲問候
蛻變成一封郵件
幻化成一個眼神

我不能停止不能保留不能 自己
你不斷前行不斷遠去不斷 身不由己
後會究竟何時有期？
倦鳥又是否真的會回來？

我不能停止不能保留不能 自己
你不斷前行不斷遠去不斷 身不由己
等待 能否 有開花結果的一天

撫慰我的心吧

折磨的靈魂要求不多

只求一個吻一個承諾一個對等的守候

國家圖書館出版品預行編目資料

劃破寂靜夜晚的流星……／向日葵的碎語著. --
初版.--臺中市：白象文化事業有限公司，2021.8
面； 公分.——（吟,詩卷；18）
ISBN 978-986-5488-54-3（平裝）

863.51 110007117

吟，詩卷（18）

劃破寂靜夜晚的流星……

作　　者　向日葵的碎語
校　　對　向日葵的碎語
封面設計　林燦欣
專案主編　林榮威
出版編印　林榮威、陳逸儒、黃麗穎
設計創意　張禮南、何佳諠
經銷推廣　李莉吟、莊博亞、劉育姍、李如玉
經紀企劃　張輝潭、徐錦淳、洪怡欣、黃姿虹
營運管理　林金郎、曾千熏
發 行 人　張輝潭
出版發行　白象文化事業有限公司
412台中市大里區科技路1號8樓之2（台中軟體園區）
出版專線：（04）2496-5995　傳真：（04）2496-9901
401台中市東區和平街228巷44號（經銷部）
購書專線：（04）2220-8589　傳真：（04）2220-8505
印　　刷　基盛印刷工場
初版一刷　2021年8月
定　　價　300元